Christoph Wilhelm Aigner

Mensch

Christoph Wilhelm Aigner

Mensch Verwandlungen

Deutsche Verlags-Anstalt
Stuttgart

Die Deutsche Bibliothek – CIP-Einheitsaufnahme
Aigner, Christoph Wilhelm:
Mensch : Verwandlungen / Christoph Wilhelm Aigner. -
Stuttgart : Deutsche Verlags-Anstalt, 1999
ISBN 3-421-05203-4

Typographische Gestaltung: Brigitte Müller
Druck- und Bindearbeiten: Friedrich Pustet, Regensburg
Printed in Germany

ISBN 3-421-05203-4

Mensch
Verwandlungen

An einem kleinen Tisch in diesem fremden Garten, wo zwischen Schwertlilienduft und Amselgesang ein gebrechlicher Regen sich zu bewegen beginnt, denk ich mit Tinte schreibend, wie wahr das Sprichwort sein kann, dass die Wahrheit ein Maulwurf ist. Maulwürfe sind Einzelgänger, die ihr Revier heftig verteidigen und nur in der Frühlingsnot zusammenfinden. Was sind sie noch? Blind. Und sie lassen sich kaum sehn. Ihre Hügel auf unseren vorgefertigten Wiesen sind uns ein Ärgernis. Die Schrift zerfließt nun nach allen Seiten. Nur was ich unter der Hand aufzeichne, bleibt ein wenig länger: dass wir ersticken würden, müssten wir dem Maulwurf nachkriechen. Dass wir dort nicht hineinpassen. Und dass dies so erschütternd ist, wie geliebt zu werden und nicht zu lieben.

Nebel ragten in die Straße, als ginge diese hügelige Landschaft in Fetzen. Aber je höher ich in sie hinauffuhr, desto dichter wurde der Stoff, bis ich das abgeschiedene Dorf erreichte, das entblößt aus dem rundum drapierten hellen Musselin ragte und dem eine Festung aufgesetzt ist wie eine zu große und zu schwere Krone. Dort wurde ein Dilettantenkonzert mit Gitarren aufgeführt, geradezu eine Schändung des mit merkwürdigen Landschaftsfresken geschmückten Saals, und ich ging weg. Kam in eine Kapelle mit der Madonnenstatue im unruhigen Schein einer ans letzte Wachs sich haltenden Flamme. Dann ein Innenhof, rundum hoch bewachsen von Jasminranken mit tausenden weißen Sternen. Am Ende eines beleuchteten hohen Gangs öffnete ich das Fenster. Über die roten Dächer des Dorfs kroch und schwelte der Nebel, und teils waren nur die Kamine zu sehen. Da löste sich ein Nebelbrocken, ein aufgeblähter Magen, hievte sich hoch, schwenkte herum und schob sich fünf

Armlängen entfernt allesverdeckend vor den Ausblick. In diesem Nebelmagen sah ich meinen Schatten unter dem Kreuz des darüberliegenden Fensters, und ich sah mir zu wie ich verging, grauer werdend, leichter, durchsichtiger und aufgelöst. Die Dächer kamen wieder zum Vorschein mit den großen und kleinen Kaminen, in die der Nebel hineinzuschlüpfen schien.

Hohe Steilklippen mit scharf belichteten gezackten Rändern bewegten sich gegen das Tiefblau und schürften Wolkenschaum, der über die sonnenbeschienenen Kanten sprühte und als Gewebe aus milchigen Fäden nachwehte. Dann stießen zwei Klippenfronten mit einem hohlen Knall aufeinander, und in der plötzlich bleiernen Atmosfäre erschienen Blitzgeflechte, die in Sekundenabständen den Horizont wie verbrennende Spinnennetze überzogen. Ich hatte gerade die Kuppe einer Gasse dieser auf einem Hügel errichteten kleinen etruskischen Stadt erreicht, als, begleitet von mehreren Detonationen, Regenmassen stürzten, die die Gasse in einen anschwellenden Bach verwandelten. Ich sprang an eine Haustür. Da war so wenig Unterstand, dass ich, mit dem Rücken an die Tür gepresst, von oben und unten gleichermaßen eingeweicht wurde und mein Gewand mit der Haut zu verschmelzen schien. Aus den Kaminen der Häuser quoll das Wasser, und die Blitze sprangen jetzt von

Dach zu Dach, entzündeten einander und setzten sich wie eine Schrift über die Unterstadt fort. Ich begann, diese Schrift zu erraten, und dass die Donner sprachen, was geschrieben und sofort gelöscht wurde: dass wir nämlich alle Muränen sind, die Klavier spielen wollen. Und es wurde ruhiger. Die fetten Regensträhnen waren wie abgeschnitten. Der Bach zog durch die Kanalgitter ab. Fenster wurden geöffnet, so dass der Gasse zu beiden Seiten viele kleine Flügel wuchsen. Aus den Türen traten Menschen, als wären sie unter Schock geschaffen worden. Im Osten, gegen die Berge zu, die noch mit dem Eisgrau der Atmosfäre verschmolzen waren, hoben sich still bläuliche Blitze, an- und abschwellende Adern, wie ich sie einmal an der Schläfe eines betrunkenen Mannes sah, der sich in angstmachende Anfälle von Gelächter steigerte.

Dem Kalender nach war Frühlingsbeginn. Stürme polierten kalt den Nachthimmel, dass die Sterne als gekreuzte Goldnadeln glänzten. In der Früh hatten die Stürme von allen Seiten Wolken zusammengetrieben, die zuweilen noch für Sekunden auseinanderrückten und Stellen freigaben mit Sonnenlicht wie verwehte Glocken. Die Schönheit hatte eine Kälte, die mir die Augen verglaste. Ich litt, als wäre ich mit einem Eiszapfen gepfählt worden. Das, woran ich in den jüngsten Jahren geglaubt habe, hat sich als fürchterlicher Scherz entpuppt. Meinen physischen Körper schüttelte es alle Viertelstunden. Er war zu lange, von Einbildungen ausgezehrt, einer Schimäre nachgetorkelt. Meine Seele war längst abgerückt von mir; und ich merkte es nicht. Ich merkte auch nicht, dass meine Psyche gebrochen wurde, weil es spielerisch mit mir geschah, nur so, wie jemand lächelnd Brot, indem sich seine Finger selbständig machen, statt zu essen, auf den Tisch krümelt. Nun frage ich mich, was die Seele sei. Ist sie mein identisches Gegenbild; mein reiner unsichtbarer Körper; das Leuchten, von dem der irdische Körper Schatten ist; unabhängig von irdischer Gier? Denn was ohne Körper ist, kann nicht verderben und niemanden anderen verderben. Deshalb gibt es auch keine Geister, die man fürchten müsste. Die Kälte ließ die lanzettförmigen grünsilbrigen Blätter der Olivenbäume erstarren, und die Stürme hoben die Blätter von den Ästen, so dass die Bäume nackt im geschuppten Gartengras standen. Ich gehe ab in der Überzeugung, keine Früchte mehr tragen zu können.

Im Querschnitt zeigt das Zentrum unseres Rückenmarks, die graue Substanz, die Form eines Schmetterlings. Wenn wir die Länge des Marks eines erwachsenen Menschen mit durchschnittlich einem Meter annehmen, und es in Scheiben von jeweils einem halben Millimeter schneiden, so erhalten wir zweitausend kleine und große Schmetterlinge, deren Flügelbeben wir spüren, wenn wir jemanden sehr gern haben. Und wenn ich behaupte, und es könnte stimmen, dass schon eine winzige Lüge sich anfühlt wie das Zerreiben eines Schmetterlings zwischen flachen Händen, kann man ermessen, welcher Abnützung die Mitte unseres Rückgrats ausgesetzt ist.

Maivormittag. Feines Rieseln wie Zucker auf Laub, dann Reiskörner auf Papier, schließlich Holzkugeln, die in einen großen Sack rasseln. Ein Donnerschlag lässt die Fenster nachzittern und klirren. Nun das anschwellende Schrubben von Bürsten auf Stein. Glasige Hagelkörner springen die steile Straße herab, vom Asfalt auf und durcheinander, als entstünden sie am Boden. Auf einmal alles wie abgeschaltet. Ein paar Körner krochen noch und lösten sich auf. Über die Straße hatte sich eine blühende Akazie geneigt und flog mit hunderten vorgestreckten Köpfen und wehendem weißen Haar gegen den Wind. Die feisten Wolken strebten auseinander und gaben Mauersegler frei, die die kobaltblauen Stellen hobelten, mit angelegten Flügeln Gewinde hineindrehten und mit langen Strichen abzogen. Der Briefträger kam ums Hauseck in den Garten und gab mir aufgefächert drei Briefe. Drei Nervenstränge, die mich mit der tausend Kilometer entfernten Außenwelt meiner Sprache verbanden und die mit einem hellen Dreiklang rissen, noch während ich sie überflog. Ich hatte den Kopf im Nacken und in meinen Augen schwammen die Mauersegler, die kaum je den undurchfliegbaren Teil der Welt berühren, die wortwörtlich von der Luft leben, in der Luft essen, sich paaren, schlafen und im Traum hagelnden Wolken davonschießen. Selbst sie haben es noch nicht geschafft, in die Luft zu brüten.

Die Stacheln überständigen Stolzes wurden mir abgebrochen. Und meiner Eigenliebe war ein Loch der Ernüchterung gebohrt, durch das aber sogleich der Eiter des Selbstbetrugs floss, zu Selbstmitleid gerann und es nach und nach verstopfte. Was war so Schwindelerregendes geschehn? Ich glaubte mich betrogen. Aber alles Betrogensein ist Selbstbetrug. Das Ich zeigt zu gerne auf den anderen, wenn es sich übernommen und hereingelegt hat. Und dann die in ihrer Erbärmlichkeit erschütternde Verwandlung, wenn sich Selbstgefälligkeit und Selbstwohlwollen als Zuckerguss über die Knoblauchpsyche breiten. Hier noch eines meiner ekligen Bilder auf Erden: eine über einen billigen Gartenstuhl gestülpte Masse Seelenkitsch, unfähig zur Einsicht dass, wer getäuscht wird, zu täuschen versucht hat. So erschien mir die Pracht der nächtlichen Atmosfäre als verächtlich, und nicht mein selbstgerechtes Seelenschwitzen. Diesen hervorragend lotosblauen Himmel, aus dem ein Stern nach dem anderen sinterte, Stalaktitenspitzen, von denen wiederum Sterne tropften, hielt ich für Kitsch. Nicht für Kitsch hielt ich es, dass ich den Sternenhimmel als Ansammlung bleicher Eiterpusteln wahrnahm, die ich zwischen Ekel und Lust hätte ausdrücken wollen. Vor zwei Wochen war der Schwertlilienhimmel vom Vollmond beherrscht, mein Schatten schleppte sich hinter mir her, und als ich mich im Garten ins Gras setzte, war der Vollmond auf die Spitze der südlichen Zypresse gehoben. Ein Schauspiel wie früher bei der Wandlung in der katholischen Messe, wenn der Priester die Hostie hebt und die Worte sagt: Hoc Est Enim Corpus Meum, aus denen der Volksmund für jede Art von Zauberei die Formel Hokuspokus destillierte.

Die pianura reatina, eine große ovale Ebene mit länglichen und quadratischen Feldern, umschlossen vom wulstigen Rand aus Bergen, ist von hier oben ein Spielzeugland, in das ein paar kugelige Bäume gesteckt worden waren. Mitten darin, wie ein umgefallenes Lateinersegel, der See von Cantalice. Ein Name, ich sags trotz des Gelächters, der duftet wie die Blüten des Engelbrustbaums. Wolkengedämpfter Himmel, denn die Tage waren als heiße Bügeleisen übers Land geglitten und haben ihm Wasser entzogen, das sich nun oben gebunden hält. Doch fließt an einer Stelle stärkeres Licht und drückt der Bergkette des Tancia eine grünliche Paste breit auf die Hänge, darunter Häuser lagern, Ameiseneier. Soeben reißt die Wolkenschicht und blankblaue Badestellen entstehen, die sich erweitern und zusammenziehen. Für kurz perlt ein Regen, quecksilbergleich, in den Staub des Abhangs. Niemand badet in dem dreieckigen See. Zuviele waren schon in seine Verliese gezogen worden. Die

Abgründe führen wahrscheinlich bis unter die Berge hier im Osten des Ovals. Kilometerlange Schlingen und Grotten, in die der Badende, von einer an der Oberfläche kaum merklichen Strömung erfasst, mit sanfter Drehung eingesogen, hinabgewürgt wird und verdaut. Vor wenigen Tagen noch irrte ich dort in der Ebene umher und konnte bereits ein Ufer des auf Berührung reagierenden Sees ahnen, als ich die Luft auf mir spürte wie Schnüre eines Vorhangs in der Tür eines italienischen Ladens, den ich pausenlos betrete und verlasse. Oder aber, als ob ich zu dieser Atmosfäre geworden wäre, der die Därme heraushingen.

Zuweilen wird die heiße Stille vom Flug eines Insekts durchsägt. Der kleine quadratische Innenhof des ehemaligen Klosters hoch über den Dörfern hält die Luft umklammert. Das gestern gemähte bisschen Gras wird bereits zum Heu. Auf dem Boden des Bogengangs löst sich aus einem der Schatten, die die Säulen den Steinplatten aufprägen, ein fingerlanges dünnes sich krümmendes Wesen. Wie Blöcke liegen die Schatten. Das stichelähnliche Wesen richtet sich auf, wirft sich herum und peitscht auf die Steinplatten ein. Es ist der abgetrennte Schwanz einer jungen Eidechse, der nun hinter die andere Säule gerät und verstaubt liegen bleibt. War das noch ein Lebewesen, das einen minutenlangen bizarren Tanz unter der Kolonnade aufführte? Mit Bewegungen einer in panischer Eile Notizen hinkritzelnden Hand, damit der Kopf, der zur Hand gehört, nichts vergesse? Solche Notizen sind meist nicht mehr lesbar. Als habe dieser entsetzte Grabstichel ein Zwischenreich, in dem sich zwei

Zustände durchdringen, auf die Platten zu prägen versucht. Und das ist so unmöglich, wie mittels Schatten das Licht beschreiben zu wollen.

Ich liege am Rücken und meine Finger sind mit zwei Grasbüscheln verflochten. Wind fließt warm über meinen Körper. Der Himmel mattgestrichen mit weißer Grundfarbe über einer schlampig abgeschliffenen blauen Fläche. Ich höre das Gras fauchen, das Weinlaub knirschen, die Olivenbäume verhaltene Sirenensignale ausstoßen. Die Stimmen durchdringen mich und bleiben hängen in den Höhlen und Gängen meines Inneren; dort versuchen sie, Wurzeln zu treiben. Ein leicht metallischer Geschmack, als hätte sich der gestrige Vollmond als Hostie noch immer nicht im Gaumen aufgelöst. Die Luft trägt Moleküle von in der Ferne abbrennenden Feldern heran.

Die Umgebung spürt mehr, als wir ahnen können. Plötzlich lief der zornigste Wind herbei und Donner waren zu hören, ungeheuer große Fenster wurden da aus Verzweiflung zugeschlagen. Die Wolken platzten auf. Im Garten zwischen den hohen Mauern aus Steinbrocken, in dem wir mit gesenkten Köpfen standen, rollte sich der Wind eng zusammen und fuhr mit Geheul auf. Draußen versuchte er, die dünnen Bäche in den Fahrrinnen aufzuhalten und bergauf zu treiben. In ihnen fuhr ich hinab, hinaus in die verwaschene Ebene, und fort. Noch immer spüre ich ihre Hand, die mich berührte als es uns durchschüttelte und das Wasser uns bis zu den Augen stand. Die Hand glitt für kurz über meine linke Halsseite und auch über das Kinn. Sollte es je einmal geschehn, dass ich weinen kann, so weine ich über diese Hand, die wie eine Lerche an mir entlangzitterte.

Der Himmel mit eingerührten Wolken, die sich verdichten und verdicken und zu einem festen, schweren Gewebe verfilzen. Links, weit unten, ist der sanfte Hang, der eine leichte Schwingung aufweist, in der Mitte von einer Hecke durchzogen, die auch ein verlassenes Bauernhaus umwuchert wie einen nicht mehr zu lösenden Einschluss. Diese beiden länglichen gewölbten wilden Wiesen quer zum Fuß des Monte Rosato sind oben und unten von Eichenwäldern gefasst, links von einem Graben mit unkultivierten Stauden begrenzt, rechts rollt hinter Eschen ein Bach herab. Und es gibt Vorkommnisse, die sich so langsam ereignen, dass sie die Augen ebenso täuschen wie jene, die zu schnell ablaufen. Aus dem oberen Eichenwald diffundierte eine Schafherde, nur nehme ich sie erst wahr, als sie wie eine Amöbe, in ihrer äußeren Form sich ständig ändernd, den Hang hin und her gleitend, gemächlich gegen die Hecke sinkt, dort an einer Stelle zusammenfließt wie angesaugt, und unterhalb der Hecke hervorquillt, sich verbreiternd und als weißlicher Riesenfleck wabernd sich gegen den unteren Wald bewegt und von ihm absorbiert wurde. Das Erscheinen und das Verschwinden der Herde ist mir nicht bewusst geworden. Am Himmel schiebt sich eine hellblaue Schere vor und schneidet in die verwolkte Schicht, aus der für kurz Fasern schweben. Die Schere wird zu einer glänzenden Fläche, und das gewalkte Gewebe ist wie weggespiegelt. Schwalben kreuzen. Nebenan fließt ein Kleiber über den Stamm der Linde. Ich höre eine wunderbare Stimme, die mich zum Essen ruft. Aber da ist niemand weit und breit. Ein Wind bewegt sich im Kreis im Gras. Ich denke an einen Finger, der nur den Rand des Nabels berührt. Ein wolliges Gebilde wandert mir vom Bauch durch den Magen in die Speiseröhre. So etwas kommt vor, wenn man alles auf sich bezieht.

Für sie sah heut Früh der Himmel aus, als sei der Junggeselle nach einer trunkenen Nacht über dem Glastisch eingeschlafen und habe im Traum, mit den Armen rudernd, Milch und Rotwein zu Schlieren vermengt. Ich hatte gesehn, dass im Tal schon die Felder brannten und der Rauch parallel zur Erde zog. Und sie trug plötzlich Kupfersträhnen im aalschwarzen Haar. Aber es wäre eine zu glatte Behauptung, dass man einander auf diese Weise ergänzt.

Auch das Krabbeln der Fliegen auf meiner Haut empfinde ich als gütige Berührung. Manchmal bleibe ich im Garten liegen, lasse den Regen über mich rinnen und schließe die Augen. Mein Blut besteht aus Ameisen, wenn die eingeschlafenen Gliedmaßen erwachen. Niemals möchte ich eine Ameise willentlich zertreten. Und sollten Schnecken über meine Beine kriechen, will ich es als Zärtlichkeit empfinden. Und kein Skorpion auf meiner Brust macht mir angst, keine Spinne über meinem Gesicht erschreckt mich. Dies sind die Vorteile der Einsamkeit.

Auch die Eidechsen haben ein menschliches Gesicht, ebenso die vier Katzen, die durch den Garten gehn und langsam ihre Köpfe zur Seite drehn, die drei Hundemischlinge des Nachbarn, die Meisen und die Grasmückenpärchen, der Fasan, der wacklig auf dem Apfelbaum steht, und es ist klar, dass ich ihre Gesichter habe in den Augenblicken, in denen ich sie betrachte. Sonntags kommen die Jäger nebeneinander über die Hügel, durch Gestrüpp und Bäche, zwischen Obstbäumen, Kastanien- und Olivenbäumen, Eichen, Eschen und Ginster, die Weinberge entlang bis herauf. Sie nähern sich mit dumpfen langgezogenen Rufen im winselnden Kläffen ihrer Hunde; und manchmal ein Schuss. Ich rette mich in die Erinnerung, wie es war, als ich nur ein Gesicht hatte, und bleibe mit menschlichem Lächeln im Garten sitzen, an dem die Jäger nichtsahnend vorbeiziehn.

Es gibt männliche und weibliche Landschaften; begründen kann ich das nicht. Weshalb sollte das Land nicht geschlechtlich sein? Hier zum Beispiel, auf sechshundert Metern Höhe, wälzt sich im Winter der Nebel auf und ab. Er bauscht sich über Zypressen und Olivenbäumen, über Eichenwäldern und Kastanienpflanzungen, Apfel- und Feigenbäumen. Es gibt auch jene innen glitschigen Früchte, die man Pomo nennt, und die als orangegelbe Bälle am blattlosen Geäst hängen. Dezember. Die vergessenen Früchte an den Astenden der Feigenbäume sind kleine pralle Fäuste. Wenn der Nebel hinabgleitet, glänzen die Wiesen, die wie Stufen übereinanderstehn. Manchmal aber zieht sich der Nebel so fein über die Hügel ins Tal zurück, als würde eine sehr freundliche Frau ihre Strümpfe langsam abstreifen. Dies sind wundersame Augenblicke, in denen ich mich vom Fenster zurücklehne und mich beschützt fühle, wie wenn die Hände der Frau mir über die Haare strichen.

Hier liegen die Wolken öfter auf dem Tal als sie über den Himmel reiten. Gelegentlich steigen sie träg die herbstlichen Hügel bis herauf, werden dabei dünn und kraftlos und sinken zurück. Bewaldete Atolle tauchen auf. Erst erscheinen scharf die Spitzen der Zypressen, dann wachsen die gelbbraunen Eichenkronen hervor, ein paar dunkle Fichtenköpfe, alle wie im Schwelbrand stehend. Aber diesmal kam es anders. Eine gleichförmige graue Atmosfäre, in der ein an- und abschwellendes Leuchten war, dass sogar die Fenster blind wurden. Es gab nichts mehr zu sehen. Nur dieses durch Licht angereicherte Glanzgrau. Ich beugte mich aus dem Fenster und bemerkte nach und nach Bewegungen in der ungeheuerlichen Masse: leichte Rotationen und auch wie durch langsam beiläufige Gesten erzeugte Strömungen, die einander durchmischten und sich verknoteten. Aber das war, obwohl direkt vor mir, doch nur wie von weitem wahrzunehmen. Und überall gleich intensiv das mysteriös pulsierende Leuchten. Da hob sich die Sonne aus dem atmosfärischen Sumpf, Nebelfäden hingen an ihr, und sie sank, Strahlen absondernd, zurück. Ein Herz, das sich erstmals der klebrigen Fasern einer undurchsichtigen Beziehung zu entledigen suchte.

Es gibt diesen fremden Blick, der uns einmal überkommen muss, wenn wir zu lange schon verhöhnt worden sind, abgeschliffen und wundgerieben, flach geworden wie die Tür, die sich zum Garten öffnen lässt. Oder noch flacher. Flach wie die Flechtenfladen auf den Felsplatten des halbverwilderten Wegs, der die Bergflanke entlangschwingt. Die Lichthaut des Lands ist von einer Hand gepackt, gehoben und uns entzogen worden. Die Berge stehn wie graue Grabsteine hintereinander. Das Geflecht der Bäume und Stauden verkommt zu verblassten kolorierten Grafiken, in die man eintritt und in ein Labyrinth aus verschieden hohen und wahllos geformten Gittern gerät. Weiter oben quer am Weg steht die schwarzweiße Katze, schlampig in den Konturen ausgerissen. Die Hügel im Tal zerknüllte Briefe. Darüber schaukeln ein paar Schattenrisse von Vögeln. Dünn bin ich geworden. Mein Atem ist schwächer als der Luftzug im Schnabel des Wintergoldhähnchens bei seinem verhaltenen Lockruf. Doch einmal wird das Licht zurück aufs Land geklatscht und beginnt, Wälder, Tiere und Stimmen farbig zu senden. Die Katze bläht sich auf und verschwindet nach etlichen Halbbogensprüngen bergauf im leuchtgrünen Ginster. Die Bäume kommen in eine violette und gelbe und silbrige Fahrt. Die Krähen fliegen wieder gierig ihren Schreien nach. Der aufkommende Wind blättert uns um und entfaltet den Geruch würziger Erde. Und das Gras ist voll Wehen, als würde alles aus ihm geboren.

Auf der Silhouette der kahlen, langgezogenen Bergkuppe, die aus einem Kranz dichten Nadelwalds ragt, krabbelten zwei Bagger mit dünnen vorgestreckten Hälsen und gesenkten kleinen Köpfen vor tiefblauem Himmel aufeinander zu. Zwei Käfer, von hier unten nicht größer als Kinderfingernägel. Es ist wahrscheinlich, obwohl natürlich nicht sichtbar, dass in ihnen je ein Mensch saß, der sie steuerte. Die Käfer durchdrangen einander. Für kurz wars ein Geschöpf mit zwei Köpfen. Dann lösten sie sich und strebten auseinander, als wären sie umgekehrt. Und es wird klar, dass in jedem, selbst im winzigsten Lebewesen, das wir sehen und über das nachgedacht wird, mindestens ein anderes Wesen steckt, das es bewegt.

Schon ist etwas Blut in den Wolkenschlieren. Später künden Windstöße den Sprung der Sonne über den Berg an. Jeder Morgen hier oben hat einen anderen Geruch. Heute süßlich und herb, wie wenn dicke Mandelmilchtropfen aus dem vorgestern gemähten Gras sickerten. Gestern Geruchsgarben aus Wassermelone und ihren zerbissenen Kernen. Einmal hielten sich feingeriebene frische Fischschuppen lange in der Luft. Dann noch ein warmer Hauch aus gedünsteten Gräsern, und alle Gerüche werden vom Licht aufgesaugt und neutralisiert. Man übt die Nase am besten in den Vormittagsstunden außerhalb einer Stadt.

Ein Schweigen wie nach einer Erschöpfung. Selbst der Hang hier oben wirkt leblos und verstaubt, seit langem verlassen. Ein offen hingeworfener Wolkenmantel, schon oft verwendet, mit abgeschabten Stellen, gegen Süden das Gewebe bereits durchbrochen, Risse, aus denen ein schmutziges Weiß sickert. Die Olivenbäume stehen aufmerksam, ihre Spitzen bewegen sich gelegentlich ähnlich dem Wittern von Hasen. Ein stumpfes Licht hat sich ausgebreitet. Das Silber der Olivenblätter ist grünspanig korrodiert. Drei Vögel hintereinander übereinander wie die Eckpunkte von Stufen, in kurzwelligem Flug hoch über dem Tal, als wären sie künstliche Gebilde, die in einer nicht mehr bespielten Kulisse Bewegung simulieren und den Anschein von Leben aufrecht erhalten sollten. Die Hügel und Dörfer im Tal mit Schimmel und Spinnweb überzogen und mit Nebelfäden verspannt, straffe Fäden, wie ich sie bei dem Freund, dem Glasmacher gesehen habe, als er den glühenden Glasteig mit der Pfeife aufnahm, drehte und abschnitt, daran die ausdünnenden Fäden hingen, die sogleich erstarrten. Wie ein Kind griff ich nach einem Faden, der mir zischend quer in die Hand schnitt, die Lebenslinie kreuzend, während mir der Schmerz mit dem beizenden Geruch des verbrannten Fleisches wie ein Busch ins Hirn fuhr. Es gibt Gestalten, so erkaltet und reglos sie erscheinen mögen, die man nicht ungestraft anrührt. In jeder von ihnen kann ein brennendes Geheimnis verborgen sein, eine verzehrende Hitze, wie die siebenhundert Grad Celsius in diesem unscheinbaren Glasfaden.

Es war der zweiundvierzigste Tag ohne Sonne hier oben in der Einsamkeit, und schon lange kümmerte sich niemand mehr um mich und ich mich um niemanden. Die Regenstürme trugen das Wasser in Garben vorbei. Zerrwinde rissen die Olivenbäume an den Haaren und beugten und schüttelten sie. Am Nachmittag kam wieder der Nebel und wob das Haus ein, und die Zypresse davor war ein spindelförmiger Kokon. Das Alleinsein wurde drückend, und die plötzliche Einsicht, dass ich vollkommen verlassen und ohne Wurzeln weiterexistieren sollte, entblößte mich. Nur so kann ich es mir erklären und nur so kann ich es entschuldigen, dass ich an diesem Abend dachte, wir lebten in einer Zelle etwa in Fußknöchelhöhe eines menschenähnlichen Körpers, und diese Zelle habe die Dimension unseres Universums. Die Grenzen des Universums seien dort, wo die Quasare wie durch Osmose sich in eine andere Zelle austauschen. Und wir sind nicht einmal fähig, den sonnennächsten Stern in unserer Galaxie zu erreichen. Die Zelle wird größer, weil der Körper, zu dem sie gehört, wächst. Irgendwann wird sie absterben und durch eine andere ersetzt, bis der ganze Körper stirbt. Weil ich verzweifelt war, dachte ich weiter, um die selbstzerstörerischen Gedanken zu betäuben, auch wenn mir schwindlig wurde dabei: solche Körper, von denen unser Universum nur eine Zelle ist, gibt es so viele, wie es Lebewesen auf dieser Erde gibt, die geboren werden und sterben, geboren werden und sterben. Und diese Lebewesen, so unermesslich, dass unser Universum bloß eine Zelle in einem von ihnen ist, sind wiederum nur Zellen noch unermesslicherer Wesen, von denen es so viele gibt, wie Lebewesen auf der Erde. Und vielleicht gibt es darüber hinaus noch größere Wesen, aber da stoße ich schon an die Grenzen des Aussprechbaren. Immerhin tröstete es mich in diesem Nebel, denken zu können, dass ich einem Körper angehöre, auch wenn unser Universum nur eine Zelle von dem Körper ist und nur so viel von ihm wissen kann, wie eine Zelle in Knöchelhöhe eines Menschen vom Menschen begreifen kann. Und unsere Galaxie ist nur ein winziger Teil der Zelle, so gering wie ein Sandkorn im

Sand sämtlicher Meere und Wüsten dieser Erde. Teil einer ungeheuren Zelle eines unbegreifbaren Wesens, werden wir nicht wissen, ob und welche Aufgaben wir darin erfüllen. Wir, die wir uns überheben, wenn wir uns ein Sandkorn im Universum nennen, denn unser Sonnensystem ist nur eines von Milliarden Staubteilchen in diesem Sandkorn. Ich weiß wirklich nicht, warum mich das tröstete. Denn die Erde ist wiederum nur ein Partikelchen eines Stäubchens von Milliarden Stäubchen im Sandkorn. Und so wurde ich immer kleiner, so winzig, dass ich mich frech aufzuwerten begann und mir unser Universum als Lungenbläschen im Brustkorb eines Wesens vorstellte, das beim Einatmen ist. Freilich bewegt sich dieses unermessliche Wesen in einer Welt, mit der es sich austauscht, und wahrscheinlich nicht alleine, und seine Welt ist wieder ein Teil, wie unsere Erde Teil der Galaxie ist und diese Teil eines unermesslichen Universums. Und obwohl mir klar wurde, soviel ich mich auch aufwerten mochte, dass ich zu Recht zu vernachlässigend gering bin, beliebig unbrauchbar und austauschbar, war es wieder ein Trost, wenigstens Teilchen eines Teils zu sein, von dem ich zwar nichts verstehe, aber immerhin habe ich die Illusion einer anthropolatrischen Idee gehabt, wo ich mich befinde, nämlich unsichtbar in einem Körper eines Lebewesens. Und Lebewesen können zwar als in ihrer Form geschlossen betrachtet werden, sind aber zugleich auch offene Wesen, indem sie, sich bewegend, aus ihrer Welt Energie beziehen und abgeben. Am Fenster krabbelt jetzt eine Fliege über die Morgenwolken. Ich öffne das Fenster. Im Gartengras gähnen zwei Katzen.

Achtzehnter November. Noch mit Traumfäden über den Schultern öffnete ich die nassen Fensterflügel. Links über dem Bergkamm schwelte eine violettgraue Wolkenwand, die nun von hellen langen Fingernägeln durchstochen wurde und schließlich barst, denn die Sonne stieg herauf. Rechts, wie ein Stempelabdruck in der wässrigblauen Atmosfäre, der bleiche volle Mond. Ich brauchte nur die Arme zu heben und konnte Sonne und Mond mit Händen bedecken. In diesen Minuten wurde mir bewusst, dass unsere Körper nicht aus jenen Ingredienzien bestehen, die wir zu kennen glauben, sondern aus Licht und reflektiertem Licht. Das war so neu, dass ich seitdem Lebewesen anders betrachte.

Mit ununterbrochenem Stirnrunzeln nähert sich das Meer. Ich geh wie betäubt von der fremden Luft, dem Rauschen und Brechen des Wassers, zwischen Meersaum und Pinienwald, als würde ich nie mehr aufhören können zu gehn, Richtung Süden. Aus einem abgeschabten Stück des pelzigen Himmels werden drei Lichtstränge gespannt und langsam dünngezogen, bis sie reißen. Teile von ihnen fallen schlingernd aufs Wasser, das sie aufsaugt. Plötzlich habe ich Geruchshalluzinationen: verbranntes Laub. Unmöglich. Der Wind kommt von Westen, vom Horizont übers Meer geglitten. Hundert Meter weiter die Ahnung von etwas wundersam Süßen, das mich von der Stirn bis zu den Füßen erfüllt, ein Sirenenduft, der mir das Verlangen suggeriert, aufs Meer hinauszuschreiten. Dann aber rieche ich die Haut der unsichtbaren Gestalt, der ich seit zwei Stunden im Sand nachgehe. Ein neutrales, reines, sanftes Aroma, das ihre Haut knapp über dem Schwert des Brustbeins ausströmt, jene Haut, an die ich eines Tages meine Wange lege, und durch mich gehen die herbeieilenden Wellentiere, werden die drei Farben des Meers geschüttet und Lichtfäden gewoben. Daran will ich glauben, wenn es sein muss bis zum Beginn meiner unsichtbaren Jahre. Zurückkehrend erkenne ich meine Spuren, und ich merke, dass ich mich zeitweise aufgelöst haben muss.

Ich erinnere mich sehr an meinen ersten Sonnenuntergang am Meer. Die Sonnenscheibe steckte zur Hälfte hinter der ruhigen, fast glatten Wölbung des Wassers, und über ihr waren einer pastellblauen Fläche fleischrosige Wolken aufgeklebt. Der Lichtweg vom Horizont, wo nun ein blutiger Punkt verglomm, zeigte übers Meer geradewegs auf mich. Was für ein Glück, an der richtigen Stelle zu stehn. Es ist natürlich nicht so. Jeder, der vom Strand aus die untergehende Sonne beobachtet, hat seinen eigenen Lichtweg und sieht nur diesen. Den Lichtweg eines anderen kann niemand wahrnehmen. Man möchte glauben, dass es einen objektiven Lichtstreifen gibt, der für alle gleich erkennbar wirklich da ist, so wie die Sonne anscheinend wirklich da ist und das Wasser, das ihren Lichtteppich trägt. Dies ist leider nicht der Fall. Die Existenz des Lichtwegs ist abhängig vom Individuum, das ihn entstehen lässt. Objektiv ist dieser Lichtstreifen inexistent. Man kann es auch so ausdrücken: es gibt tatsächlich keinen Lichtweg, diesen aber so oft, so viele Beobachter anwesend sind. Dies habe ich erzählt, damit man nicht nur glauben soll, die Welt sei bereits fertig vorhanden und wir würden ihre Fänomene nach und nach entdecken und benennen. Es gibt auch die Überlegung, dass wir, indem wir suchen, die Welt als Fänomen entstehen lassen, so wie den jetzt in der Farbe der Goldfische in die Dämmerung flimmernden Lichtteppich.

Im November am tyrrhenischen Strand stecken im Abstand von fünfzig Metern Quallen im Sand, wie über Nacht hineingeweht. Gallertige, weißlich durchsichtige Kuppeln. Zwischen zweien zu stehn, in Gummistiefeln bis zu den Waden im Wasser, das rückflutend beharrlich das Gleichgewicht untergräbt, ist es, als befände man sich über einem riesigen vergrabenen Körper, dessen Rumpf schon tief unter den Pinienwald gerutscht ist. Nur diese von Tag zu Tag schrumpfenden Menisken der angewinkelten Knie sind noch dem Licht ausgesetzt.

Ein heller, weicher, abgesteppter Wolkenflaum bildet den niedrigen Plafond über dem zerknitterten und grün verwaschenen Meer, so dass ich, soeben aus dem Pinienwald getreten, vom Strand aus in eine tiefe Bühne seh. Im Hintergrund ist sie von einer anthrazitglänzenden eishältigen Wand abgeschlossen, aus der der Wind mit allen Krallen Fransen gerissen hat, die über gelben Grund auf die drei grauen Gebirgssilhouetten Elbas herabwehen. Sie wirken wie drei weit voneinander entfernte Inseln, weil die Verbindungsebenen hinter der Wölbung des Wassers verschwinden. Rechts von mir, etwa fünf Meter überm Wasserrand, spielen zwei amselgroße Vögel wie Schmetterlinge. Wellen kommen breit heran, stellen sich auf und beginnen, sich einzurollen brechen als Walzen in ihrer ganzen Länge auf und verwandeln sich über dem vom Strand rücklaufenden silbrigen Wasserfilm in weißschäumende Hände mit grabenden Fingern. Andere ähnlich breit herannahende Wellen erheben sich und werden nach oben schneidendünn, beugen sich und schmelzen auf der eigenen Brust herab in den Sand, wo sie sich auflösen wie Schnecken unter Salz. Die nächsten fallen in einer Kettenreaktion längs des Strands mit donnerndem Gelächter zusammen. Es gibt auch solche, die aufgerichtet und scharf herbeigleiten, stumm, mit den breiten, leicht geneigten Köpfen der Kobras, sich wie aus Verzweiflung über den Sand werfen und zischend verenden. Ein ununterbrochenes Röcheln, Gurgeln, Rauschen, Knirschen, Krächzen, Fauchen, Stöhnen, Schluchzen und Poltern durchläuft mich bis zur Nasenwurzel und dringt hinter mir in den Wald ein. Ich gehe zurück mit aufgestelltem Nackenfell und stolpere über alles, was sichtbar und unsichtbar auf dem sandigen Waldboden liegt. Zwei tote Vögel, Pinienzapfen, Äste, Plastikflaschen, die gebrochenen Stimmen der Wellen. Keuchend bleibe ich angelehnt an einen der krustigen Baumstämme, die sich mit mir in der Abendröte verfärben, ich, die Charge in diesem scheinbar chaotischen, mir undurchschaubaren Stück.

Vorgebeugt, die Arme am Rücken, ging ich wie ein Rabe breitbeinig auf dem St.Marxer Friedhof zwischen Büschen umher. Heiß war der Mittag, dass die Augenbrauen brannten. Hinter der vorletzten Buschreihe zum Kiesweg wartete der Pfau und wir starrten einander an. Mir war klar, dass ich meinem Tod gegenüberstand. Die Hitze kämmte mich mit Schweiß. Es war fantastisch, wirklich den eigenen Tod, der niemand anderem zugehört, zu sehen, in ihm die eigene Existenz mit dem winzigen Hirn und der ausgefransten Federschleppe zu erkennen, so absurd auf diesem längst aufgelassenen Friedhof, dass ich in Gelächter ausbrach wie noch nie. Mein Tod drehte langsam um und entfernte sich. Ich sah genau, dass die Schleppe des Pfaus die Form des Endstücks unseres zentralen Nervensystems hat, das er über Steine, Staub, Gras und Laub schleifte.

Selbst die feinste durch Säure ausgedünnte Spitze eines Metalls bleibt unterm Mikroskop eine stumpfe, unebene Kuppe, aus deren äußersten Schicht die Grenzflächenphysiker Atome tunneln und so die Atomstruktur von Kristalloberflächen sichtbar machen. Die Punkte auf den Fotografien, die die Atome symbolisieren, erscheinen in ebenso fantastischen Anordnungen wie jene Punkte, die man auf astronomischen Aufnahmen sieht und die die Sterne und Galaxien symbolisieren. Beiden ähnelt ein Daumenabdruck, der bei Vergrößerung Strukturen von Sternenströmen erkennen läßt. Was wir aus dem Kleinsten wie aus dem Größten erkennen, ist ein Teil des Abdrucks einer Daumenkuppe, von dem wir nicht auf das Wesen schließen können, das uns ungreifbar beherrscht.

Ein Falke, starr aufgespannt und vom Wind herumgetragen, wird seitlich weggeblasen. Als ob die Erde Schlagseite bekommen hätte. Aufgeschwemmte aschige Wolken machen sich bereit, falten ihre Mäuler, und ihr Speichel tropft und beginnt schräg zu fließen. Ganz ähnlich ist es doch, wenn wir uns von einer Person trennen müssen, die wir so gern haben, dass wir glauben, nur sie gern zu haben. Obwohl wir den Tag schon einige Zeit wussten, erscheint uns die Trennung als willkürlich und gewalttätig. Man kann zweimal über die Welt nachgedacht haben, und steht dennoch da wie das letzte leere Glas am abgeräumten Tisch weit hinten unter Bäumen im Garten, worauf nun schon Tropfen auftreffen. Alles Inwendige scheint ins Rutschen zu geraten, und ein genauer Beobachter, den ich aber in solchen Momenten nicht zulasse, könnte sehen, dass mir, der ich wie geschwenkt herumgehe, beim rechten Auge ein Muskel außer Kontrolle geraten ist.

Eine Lerche unter der Haut. Oder vielleicht eine kleine Seele, die aufflattern möchte.

Als beinah verwilderter kleiner Kater war mir unverständlich, wie man ein Leben in geschlossenen Räumen verbringen kann oder in diese zurückkehren, wo der Futternapf bereitsteht und große schwitzende und drückende Hände, gekrümmte Finger über einen kommen. Ich war ungeschickt im Jagen und hatte meist Hunger, da ich nicht einsah, den Tag nur zuzubringen, um auf Beute zu lauern. Es gibt ja sehr spielerische Dinge auf Wiesen, wenn die Sonne scheint und die Zitronenfalter herumbläst. Ein wildgewordener Grashalm zum Beispiel, durcheinanderspringende Heuhüpfer, oder das Rollen über den eigenen Rücken, doch immer bereit, aus dem warmen Hauch der Wiese in die Kühle zwischen den Bäumen und Büschen zu springen, das schärft die Vorsicht. Meine Reaktion war desto schneller, je hungriger ich war. Diese Frau aber erschien mir als ein Wesen, für das mir meine Erinnerung keinen Vergleich zugestand. Ich blieb starr, als sie im Gegenlicht auf mich zukam. Ich spürte einen Duft, fremd und betäubend, sodass ich mich aufnehmen ließ und wie auf einem Ast lag, mit hängenden Vorderpfoten und Hinterläufen, und an meinem Bauch war das sanfte Pulsieren, mit dem ich langsam verschmolz, bis ich gänzlich zu ihrem Unterarm wurde.

Zuweilen geschieht das Erschreckende und Vereinsamende, gerade weil wir die Zuneigung suchen. Als gelbsüchtige Wolke ruderte ich mühsam am hellen Abendhimmel heran. Dort drüben, auf dem letzten freien Feld vor den näherrückenden Hochhäusern, diesem unnützen Feld mit Margeriten, Lichtnelken, Ampfer, Schaumkraut und Wegerich, mitten drin steht sie, Vanilleduft der Sonnenwende auf den Fingerkuppen. Der Geruch von Gras und Kräutern schwillt an, bis ich aufbreche. Blitze fliegen heraus und ein Regen mit Tropfen wie Lote am Garn. Das Feld zuckt. Sie aber bleibt stehn und hebt ihr Gesicht. Das Kleid klebt an ihrem Körper. Der Blumenstrauß ist ein geborstener und über ihrer Faust in Streifen hängender Trichter. Hinter dem Bahndamm mit dem langen Gras wie gesenkte Wimpern wärmt noch einmal der Sommer auf.

Eine schlohweiße Wolke stand über dem blühenden Kirschbaum, als spiegle sich dieser im satten Grau des Himmels. Die Blüten schwirrten wie unreife Schmetterlinge um seine Krone; oder der Baum wurde von der Wolke bestäubt. Wer weiß. Hin und wieder strich eine Krähe das Bild durch, das dann zurückwich und erneut hervorsickerte. Als ob die Natur einmal noch zeigen wollte, zu welcher Schönheit sie fähig ist, und der Amselgesang, der in dem Weiß flimmerte, zum Staunen aufriefe wegen der Unachtsamkeit derer, denen alles selbstverständlich geworden ist und die müde abwinken, selbst wenn ein Obstbaumwald in seiner Blüte auf Zehenspitzen sich über den Fluss bewegte. Dies könne man auch in Computern simulieren. Kein Schauer durchläuft den Bildschirm der Augen, wenn das Geheimnisvolle geschieht, denn es geschieht unspektakulär, sodass wir nichts davon begreifen wollen, solange es uns umgibt, und es erst bemerken, wenn es sich längst aufgelöst hat, wie die blühende Wolke, die kaum mehr zu sehen sein wird.

An einem heißwindigen Augustnachmittag balanziere ich auf der mit Spitzwegerich gespickten Grasnarbe des Feldwegs in eines der Waldstücke des Wenger Moors. Sonnenflecken werden mir durch die Bäume aufgeweht und verrutschen auf den schweißnassen Armen. Auch kam ich aus Brennesselstauden, hinter die sich Himbeeren samt ihren Würmern zurückgezogen haben. Bin dem Bach gefolgt, der sich durch die Wiesen krümmt. Noch vor wenigen Monaten war er, von zu Gewürznelken gestutzten Weiden begleitet, über seine Ufer geschwommen, auf der Suche nach den Zweigen, die ihn berühren sollten, bevor er in den Wald eintritt. Hier leckt er jetzt die Böschungen aus, beißt am Wurzelgeflecht und bleibt an der Sandbank mit den Felsbrocken hängen. Zuviel Unrat ist ihm aufgebürdet worden. Engstellen, an denen er kaum noch zum Fließen kommt. Ein versickerndes Gerinnsel, als drücke ihn die Last des Plastiks und der Kleidungsstücke in den Boden.

Und tatsächlich ist er nun unterbrochen, abgeklemmt, wie ins Erdinnere abgezogen, denn hinter der Sandbank erscheint nur noch eine vertrocknete, mit rotbraunen Nadeln und verdörrten Zweigen belegte Höhlung, ein zu Schatten gewordenes Wasser. Draußen, zwischen Brachfeld und Fichtenwald erscheint er plötzlich wieder und strebt jauchebraun und schmierig zum See hin. Ich laufe, wie um etwas zu verhindern, über ein schwingendes Feld, auf dem Blutströpfchen gewachsen sind, dann auf einem Weg, wo Korn verloren wurde, bis hinter den Schilfgürtel zur kleinen Bucht, neben der er mit stetem Seufzen in den See übergeht. Wieder bin ich zu spät gekommen. Sitze in dem blonden Sand. Vergebens konzentriere ich mich auf die Weisheitsregel, ohne deren Befolgung man in Gesellschaft nicht weit gelangt: nicht grämen, nicht schämen, nicht ärgern, nicht ekeln. Ich müsste aufstehn und zurückgehn. Das ganze Land liegt wie unter künstlicher Beatmung. Es wird als ein Wellenfeld mit mir davonschweben und sich auflösen, dort hinten, bei den Brennesseln, Himbeeren, Würmern.

Schon schwächer ist die Erinnerung an die Schläge, mit denen sich mein armer Vater an den Wochenenden an mir abreagierte, denn das ist sehr lange her. Vor vielen Jahren trafen wir einander zufällig in meiner Stadt und gingen in ein Gasthaus. Dort hob er wieder die Hand. Ich war erstaunt und lief nach Hause, flussabwärts, Möwen flogen neben mir, Schwalben knapp über dem Wasser, Tauben mit quietschendem Flug, Wildenten landeten klatschend, und zwei Krähen setzten sich auf zwei Tannenäste, die sich bogen und nachwippten. Nur sah ich keine Vögel, sondern Hände, die auf und zu klappten mit leichten und schweren Schlägen, deren Rauschen ich noch immer hörte, obwohl ich mich längst aufs Bett geworfen hatte, den Kopfpolster an mein Ohr gepresst.

Ich hatte einen Traum, in dem meine Zuneigung erwidert wurde. Der Traum hing an mir wie ein glücklicher Schatten, als ich den steinigen Fluss entlang ging und mir bewusster wurde, dass das, was in der gleichzeitigen Welt der geschlossenen Augen geschehen war, bei Tageslicht unmöglich und unerreichbar wird. Ich stolperte dem bisschen Wasser nebenher, erstaunt und amüsiert, weil mir einfiel, dass der Traum schwarzweiß war, und ich das Rot und Gold der bewaldeten Berge noch nicht wahrgenommen hatte, das changierende drüberwehende Herbstlicht, das nun ein Grün dazumischte, ein Samtbraun, Honiggelb; das Fell einer noch nicht entdeckten Sfinx. Im Flussbett wars, als ob die weißen Steine im Wasser liefen, mit dem melodischen Geräusch, wie es entstand, wenn wir Kinder nach einem Sommerregen barfuß durch große weiche Pfützen stiegen. Jetzt Böllerschüsse vom Berg, deren Echos am Hang gegenüber explodierten. Die Luft bebte. Ich dachte, das wird wohl irgendein Nationalfeiertag sein. Als die Böller in schneller Folge abgefeuert wurden, überlagerten sich die Echos zu einer einzigen grässlich gezerrten Detonation, sodass das Wild aus den bunten Baumkronen sprang und die Krähen hochgeschleudert wurden. Ich glaubte, dass das, was mich bewegte, mir durch den Mantel anzusehen sei, wie wenn ich eine kleine Katze darunter geborgen hielte, die sich drehte, um auf meinen verschränkten Armen die richtige Stellung zu finden.

In meiner Stadt gibt es zwei außergewöhnliche Löwen. Einen romanischen aus Forellenmarmor im Hausdurchgang zum Langenhof, wo er vor Wind und Niederschlägen geschützt ist, nicht aber vor den Händen der Müßiggänger. Ich bekenne, dass ich ihm täglich über die Nase streiche. Er lächelt süßsauer. Der andere sitzt eisern aufgerichtet auf dem Dach des Festspielhauses, grünspanig, Dauerwellen ums Haupt, hält einen Schild vor sich und ist vor Menschenhänden ziemlich sicher. Allerdings kommt oft ein verwahrloster Regen über die Altstadt, kreuz und quer aus schlingernden Wolken, und lange Fäden spritzen vom Kopf des Löwen, so der Eindruck entsteht, ihm stünden, wenn er die Stadt überblickt, die Haare glatt zu Berg.

Risthoch liegt das Laub in dem großen schrägen Garten, acht Farben vom grünlichen Gelb bis zum Rost im rückfließenden Licht der hinter dem Mönchsberg schwindenden Sonne. Es sind die Blätter des Ahorns, der Eichen, der Buchen, der Linden, der Eschen, der Kastanien und einer Ulme. Abwärts durchs Laub, ein weiches Schreiten; die Schatten stürzen bereits in die Altstadt. In der Dämmerung komme ich an die Kante der senkrechten Felswand, an deren Fuß der Petersfriedhof mit hunderten roten Lichtern brennt. Und in mir geschieht das gleiche. Vom Hals bis zum Magen spür ich die fackelnden Gräber, ein rotes Brennen in der Finsternis mit dem Ziehen jeder einzelnen Flamme. Das ist es, was ich Sehnsucht nenne, dieses Seelenbrennen, ein Fantomschmerz, denn die, nach der ich mich sehne, ist von mir abgetrennt. Ich höre die Flammen. Aber es ist nur eine leichte Brise, die sich hinter mir ins Laub mischt und einige Blätter dazufallen lässt. Man darf nicht erschrecken.

Absterbende Blätter, bevor sie sich vom Baum lösen, leben noch intensiv. Nur die Photosynthese endet, die Atmung ist kräftig wie nie zuvor.

Zwei seltene Formen von Regen können in Salzburg erlebt werden: ein gefiederter Regen, irisierend über den Kupferdächern, der den Boden nicht zu erreichen scheint, und einer aus feinen Schnüren, zuweilen bloß in Zwirnfadenstärke, die lotrecht in die engen Gassen und auf die Plätze der Altstadt gespannt sind. Wenn es regnet, zieht sich die Stadt zusammen wie die Auster unterm Zitronensaft, während sie sonst, wenn die Sonne staubig durchrollt, wirkt, als habe sie eingeatmet und halte den Atem an. Man kann das Fänomen vom Mönchsberg aus gut beobachten. Es heißt bei uns, es regne hier deshalb so viel, weil nicht die geringste Wolke vorübergleiten könne, ohne von einer der vielen Kirchturmspitzen angestochen zu werden. Die Selbstmörder aber lassen sich vornehmlich bei klarem Wetter vom Stadtberg fallen, wobei der am Fuß der Felswand am Asfalt haftende Tote sich noch bewegt, da sein zersplittertes Knochengerüst den Sehnen keinen Widerstand mehr bietet und er auf Gnomgröße zu schrumpfen beginnt.

Einen Abend kamen Krähen zu Hunderten. Sie kreisten bis zur Dämmerung und stülpten sich als finsterer Regen über die Linde. Zwei Unruhige genügten, um alle wieder auffliegen und schreien zu lassen. Wenn sie endgültig saßen und ihre Gespräche sich erschöpft hatten, wars ein Muttermal mit Sommersprossen herum, denn der Baum hatte auch einen Vollmond in der Krone. So verzaubernd können Gesichter sein, selbst wenn sie anderen als gezeichnet verschrien sind.

Zuweilen ist das Glück so vollkommen, dass wir nicht bemerken, in ihm zu sein. Erst sehr viel später wird es sich durch den Filter der Eitelkeiten heraufheben, vermengt mit dem Bedauern über die Einsicht, dass uns das reine Glück, die Essenz, immer ungenießbar sein muss. Nur normales Glück erkennt man zu seiner Zeit, denn es verbindet sich mit allem, das uns umgibt. Und das gleiche gilt für das Unglück, durch das man wie bewusstlos geht und in seiner prägenden Gewalt erst erahnt, wenn es zu unserem Schatten geworden ist. So ist es auch mit der ersten und zweiten Seele, über die ein jeder verfügt, denn zwei Seelen gehören untrennbar zu einem lebenden Menschen wie seine zwei Gehirne.

Jemand sagte mir durchs Telefon, dass der Wind nun bei ihm ums Haus fliegt und Rosenblätter streut. Ich sah auf die Linde im Garten, die fest schlief. Es war unvorstellbar, dass irgendwo der Wind fliegt. Die Linde, am Abblühn, zeigte über und über rote Stellen, kleine runde gefärbte Zehennägel, wie ich sie bei einem Mädchen gesehen habe, das im Winter Sandalen trug. Als Kinder hatten wir oft die Blütenblätter der Heckenrosen zurechtgezwickt und sie mit Speichel auf unsere Fingernägel geklebt. Und ich sehe die geritzten Stellen in den Rosenblättern, die dunkel wurden, violettbraun, und ich weiß wieder, dass ich damals schon wusste, dass dies Verletzungen sind.

Keine Sternzeichen gibts für den Tod, nur Sternzeichen für die Geburt. Doch eigentlich sind die Geburtszeichen die Sterbezeichen, denn das Leben ist das Sterben und der Tod die Erlösung vom Sterben. Lebenslang heißt sterbenslang. Es gibt kein Leben vor dem Tod, es gibt nur ein Sterben vor dem Tod; und dieses Vegetieren kann nicht das wirkliche Leben sein. Man sollte besser fragen, unter welchem Sternbild du vom Sterben erlöst worden bist, denn in ihm wirst du leben.

Es gibt einen Regen, der nur aus Tropfen besteht, weiß und schwer wie Elfenbein und spitz. Ein Wolfsregen, der seine Zähne in meinen Kopf schlägt. Und ich denke, wenn es sehr schmerzt, nur an ihre Zähne, schließe die Augen, und alles lässt sich ertragen.

Wenn nach einem Regen die Vögel losschreien und sich gegen mein Alleinsein empören, fahre ich zum See, ziehe Gummistiefel an und wate im Wasser das Ufer entlang unter tropfenden überhängenden Erlen. Fünf Kilometer durchs Wasser, denn es bremst meine Schritte und den Unwillen durch kalte nasse Schnecken, die hin und wieder über den Stiefelrand kommen und auf den Fuß fließen. Hinter der Halbinsel, zwischen Haselsträuchern und Schilf, liegt drei Handbreiten unter dem Spiegel die große atmende Steinplatte. Sie hebt und senkt sich, eine Lunge, die man bei niemandem sonst von außen sieht.

Denn die Städte sind die Naturreservate zusammengebackener schlotternder Gestalten. Die Nadelspinne huscht vorbei. Oder ein Hakenfuß, ein Kreuzhecht, der Blutgeier, der Schweinsspecht, eine Wundschleiche, die Kotzotter, ein Todesfalter (sein Trauermäntelchen geöffnet wie ein Exhibitionist), ein Qualreh mit gebleckterm Eckzahn von oben herab, der Eiterpfeifer, der Spaltrochen, die süß lächelnde Giftlibelle, die kokkenträchtige Saugmücke, die Wahnraupe, der Beulenwurm, die Hautschabermotte, die Mullmeise, der Augenstecherstar, die Schlitzralle, die Kratzratte, die Fluchammer, die entzündungsfördernde Herzzecke, die Rachenlarve und der Hirnbrandvirus vulgaris und Söhne.

Sehen, Hören, Tasten, Riechen, Schmecken. Über diese fünf Sinne verfügen fast alle Tiere. Bei der Aufzählung werden meist der Gleichgewichts- und der Orientierungssinn vergessen, die jedem Lebewesen gegeben sind. Der Mensch hat noch den Erinnerungssinn, jene Leistung des Gehirns, die mittels Sprache reflektierendes Denken ermöglicht; sowie achtzehn weitere Sinne, von denen weniger als die Hälfte uns ehren; nämlich Frohsinn, Freisinn, Feinsinn, Tiefsinn, Hintersinn, Gerechtigkeitssinn, Gemeinschaftssinn und Scharfsinn. Die restlichen zehn werden gerne verschwiegen, denn es handelt sich um Leichtsinn, Stumpfsinn, Schwachsinn, Unsinn, Wahnsinn, Widersinn, Eigensinn, Blödsinn, Trübsinn und Starrsinn. Somit ist nachgewiesen, dass der Mensch normalerweise über sechsundzwanzig Sinne verfügt, gradesoviel wie Buchstaben unseres Alfabets oder Knochen eines Fußes. (Jeder, der außer dem Geschäftssinn, Kunstsinn, Spürsinn, Farbsinn und Uhrzeigersinn – die die Umlaute und Diphthonge des Alfabets oder Überbeine des Fußes darstellen können – einen weiteren Sinn entdeckt, bekommt von mir diese Seite geschenkt, eigenhändig abgeschrieben und um die Entdeckung erweitert, unter Berücksichtigung des Findernamens).

Auf dem Weg zum Kossiner Badeteich, einer der vielen Adern entlang den durchhängenden Feldern und zwischen den Wäldern im Niederen Fläming, wo feiner heller Sand fließt, lag eine kleine rote Kugel, deren Oberfläche sich bewegte. Ihr Mantel bestand aus Waldameisen, und ihr Kern war der Körper eines Käfers. So hockte ich vor der Kugel, die lebte und zugleich tot war, und sah den Weg zurück: links der Kiefernwald mit Birken, rechts die kleine Lärchenpflanzung und blühende Robinien, deren Duft süchtig macht, hinaus auf das Roggenfeld, das soeben gestreichelt wurde, und hinter dem sich zwei Schichten helle und dunkle Waldstücke heraushoben. Eine Brise tappte mir auf die Schulter: geh weiter, es ist leider so; nichts kann leben, ohne anderen Leben zu entziehen. Das Erschrecken über die Kluft zwischen der Einsicht und der Sehnsucht, es anders haben zu wollen, ist ein Hieb mit dem Stock, mit dem ich die wimmelnde Kugel traf.

Meine Zunge hat winzige Widerhaken und eine harte Pfeilspitze und ist mit einem klebrigen Sekret überzogen. Am Stirnbein befestigt, zieht sie sich elastisch unter der Kopfhaut über den Hinterkopf in den Schnabel. Ich klopfe den Stamm ab und horche. Ich höre am Klang, wo Larven verborgen sind, und die Zunge schnellt vor. Mein Klopfen kann auch ein Trommeln sein: toi toi toi zur Balz, oder: geht, geht, geht zum Markieren meines Nestreviers. Zum Ab- und Eingrenzen und also Ausgrenzen. Ganz wie jene Parasiten da unten, die mich schon eine Weile beobachten und mit ihren Klangsekrete absondernden Zungen wahllos herumstoßen im Glauben, über mich zu sprechen, während ich Parasiten aus dem Stamm steche.

Erst muss man sich wundlaufen an der Seele. Meine Angst war groß und dicht wie die Farbe des Wintersonnenuntergangs hinterm Kiefernwald. Lange violette Nadelschatten des strähnenweise umgelegten Waldschilfs und der Windhalme zwischen den Stämmen. Da hatte ich die Verrate hinter mir und mich geschämt, dass ich geschmolzen war wie ein Schneeball auf meiner flachen Hand. Ein Durchschuss, so brannte die Kälte. Und der Glaube an künftige Verrate tropfte von den Fingern. Nun kann es möglich sein, einmal wie im Schlaf mit den Flügeln zu schlagen. Das mag vorkommen. Aber niemandem geschieht es öfter als zweimal im Leben vor dem Tod.

Wenn ein heißer Nachmittag dunkel wird vor dem Gewitter, dann ist er ein Wesen, das die Augen öffnet und einen warmen Farbregen vergießt, braun grün gelb, vom weichen Wind gewiegt, da man hineingleitet und sieht: die Ginsterblüten der Iris und die Posthornstempel der Ginsterblüten, als wären sie es, durch die die wehmütig klingenden Töne kommen, und nicht die Rotbauch-Unken mit ihrem die Brust zusammenpressenden sanften Gesang, eintönig klagend, wie wenn man ein dickwandiges Glas durch kreisendes Reiben am Trinkrand zum Klingen bringen könnte. Ich trinke fiebrig die Töne und gehe mit den im Wind schreitenden Alleebäumen. Das gewölbte Roggenfeld wie das wehende silbrige Rückenfell des Einhorns, das im Donnerrollen gegen den Wald hinjagt, fast blind von den prasselnden Wolken blutpumpender Bremsen um die Augen.

Acht Tage bevor ich abreisen musste, stand eine Rose im Glas auf meinem Schreibtisch. Sie war sehr dünn und würdig, leichtrot und gelb und hatte braune Flecken, denn es war eine regnerische Woche gewesen. Nach zwei Tagen senkten sich drei Außenblätter, sonst blieb sie verschlossen. Am Tag vor meiner Abreise, als ich aus dem Badezimmer kam mit nassem Haar, fiel mir ein, ich könnte die Rose an mich drücken, legte sie mir an die Brust und sah, wie sich im Park die Schatten verflüchtigten und wieder verdichteten, und schloss auf jagende Wolken. Da erst merkte ich, nach so langer Zeit, dass ich mit den Händen eine Verletzung bedeckte und deren Rand presste, um das austretende Blut zu stillen.

Auf der Naht zwischen dem grünsilbrig hinschimmernden Saatfeld und dem Brachfeld mit ellenlangen Getreidestoppeln im blonden Gras (der mittägliche Himmel eine Waschrumpel), zieht sich über mir ein Reißverschluss aus Lerchengesang zu. Ich bin in ein, wie die Dänen sagen, Zeittäschchen geraten. Spüre auch keine Muskeln mehr und Knochen. Vollkommen pflanzlich. So bin ich durch eine Margerite gegangen, deren Blütenblätter man einzeln herauszieht und beim letzten Blatt sagen muss: ... nicht. Und ihr Stengel hat sich mir über der Nasenwurzel senkrecht eingeprägt. Ein weiteres Fossil auf dem Körper am Weg zum Verstauben ins große Museum.

Weitum die Wälder. Dort hinten das Waldstück, durch das ich gekommen war im von der Sonne gekneteten Morgennebel. Mücken tanzten im Lichtgeklingel. Ein Schwarzspecht fädelte lange Lachgirlanden an den Stämmen vorbei. Von Ferne klangen Motorsägen wie drei Schritt nahe Bienenschwärme. Mein Herz pfiff durch die Zähne. Gleich als ich heraustrat zu den gedüngten wackelnden Feldern traf mich der Mundgeruch des stoßweis und wirr sprechenden Lands.

Selbst das Wasser des Teichs schien beunruhigt zu sein und leckte, trotz der Windstille, am Gras der Uferhänge. Das Wildentenpaar brütete oben in der Höhlung der alten Eiche. Immer wieder flog eine der Enten ab und kehrte über Umwege zurück. Die beiden Schwäne fuhren mit zurückgelegten Köpfen ihre Runden. Einmal, in den Abendschatten, sah man die Eule drüben beim Weizenfeld das Waldstück wechseln, eine bessere Position beziehen, näher zum Teich, über den die Frösche wie zum Schutz mit ihrem Knarren bis tief in die Nacht einen akustischen Schirm spannten. Dann war Stille. In der Früh lag ein Entenei am Grund des Teichs, ein kleiner menschlicher Knochenschädel in der Draufsicht, mit der Spiegelung der drei Nähte und der Fontanellen. Das Wasser, flimmernd im Licht das durch die Baumkronen drang, strahlte eine Ruhe und einen Frieden aus, als sei hier noch nie etwas geschehn.

Vor einem Jahr war einer der beiden Schwäne aus dem Teich gestiegen, um den Nordflügel des Schlosses herum und die Rotdornbäume entlang durch den Park gewankt, zum Tor hinaus, ein Stück auf der Straße, so dass die Autos stehenblieben, die Fahrer ausstiegen und ihm zusahen wie er abhob und in Baumkronenhöhe in der Ahornallee Richtung Süden flog. Der andere Schwan mit dem durchtrennten Flügelmuskel gondelt weiterhin auf der verstaubten, wie schwarzflüssiges Plastik spiegelnden Wasserfläche, auf der er seinen Schnabel küsst und in den eigenen Schlund steckt. Rund um ihn kopfunter auch gelbe Wasserlilien, Eichen, Buchen und Linden, samt den Kröten, die in der Wasserhaut getarnt im Gezweig kleben und mit ihrem gewürgten Geschrei mir in die Kehle schlüpfen, dass ich, gemeinsam mit dem bleichgelb gewordenen Himmel, bis zur Auflösung Wasser und krustiges Eis erbrechen könnte.

Grafitwolkengeschiebe im Süden, das der verdeckten Blutorange Licht abpresst und es über giftgrün keimende Saatfelder verspritzt, ein immer wieder schnell verhuschender Glanz. Und Höllenrosa. Ich steh unten am Teichrand auf moosigem Boden. Bin nur ein Städterspott, gebeugt wie ein Bündel Honiggras im Wald nach der Schneeschmelze, ein Tier mit verwunschener, verschnittener Zeichnung im Gesicht. Sturmsträhnen. Ein belaubter Eichenzweig im Gras, wie eine Katze sich auf den Rücken rollt und windet. Ich wollte nur etwas über die Grenze meiner Sehnsucht wissen, die mich wie ein Ballon umhüllt. Wenn ich meine Gedankenarme ausstreckte, blähte sie sich noch mehr auf. So wird es wohl sein, dass die Sehnsucht nur als unbegreifbares Geschöpf existiert. Größer als Vernunft. Merkwürdig wie das Niesen eines unwilligen Engels; oder das Requiem hinter mir in den Köpfen des Kiefernwalds.

Der weiße Regen wurde vom Wind in den Wald getrieben. Dort tropft er ein. Würziger Modergeruch. Der weiche Boden wird von bleichen Nasen durchbrochen. Sie wittern.

Die verfrühte Hummel und der Lehm- und Sandweg zwischen einem künftigen Roggenfeld und dem Kiefernwald mit Birken wie erste weiße Haare. Die Luft ist zu warm, eine Finte sozusagen, vielleicht um die Instinkte der Lebewesen zu prüfen. Wer sich von einem Tag täuschen läßt, hat ein Weiterleben nicht verdient. In der Mitte des Wegs eine Grasnarbe. Die Hummel schlingert darüber hin. Seit einer Stunde Achterschleifen. Ich gerate in ihren Rhythmus und in den Sog ihrer unerschütterlichen Suche. Keine Blüte. Zwanzig Schritte hin, zwanzig zurück, geh ich hinter der Hummel mit wankenden Schritten, und immer an den gleichen Stellen, wie abgestoßen, kehren wir um, fließen, stocken, pumpen, ich spür den Blutkreislauf, der kein Kreislauf ist, sondern ein Schlingern, in dem die Hummel sich befindet.

In der Mittagswärme Anfang März am Waldrand sind in den Ameisenhaufen Bewegungen wie von den Wimpern eines Träumenden. Da liegt ein Wanderfalke mit der Wange am Sternmoos. Nah an ihn herangehn. Näher. In dem glänzenden Aug schwimmen noch Reflexe von Vertrauen in die eigene Kraft; der Überraschung, von der Luft nicht mehr ertragen zu werden. Erdschatten. Der Aufprall am Baumstamm. Der Fuchs geht vorbei. Als gäbs einen außergewöhnlichen Respekt vor der außergewöhnlichen Schönheit. Frühe Ginsterblüten, gelb wie der Augenrand und die Greifer des Falken. Die Ameisen arbeiten diskret. Innen. Aber es dauert noch. Erst durch das Aug. Da ist die gelbgeränderte Höhlung, aus der die Hinterleiber der Ameisen zittern. So einer aufwacht am Rücken im Gras, und der Himmel ist konkav und hell.

Die Atmosfäre seit Tagen Asfalt, Asbest, Topas, Schiefer. Mit nassen Lappen gewischt. Darin die Äderungen der blattlosen Eichen, Buchen, Linden und Kastanien durcheinander ausfließen. Wenn wir zu kurz Gekommene uns ein wenig Licht mitten in diesem wirren Wald abzweigen möchten, geschieht etwas in uns, ähnlich einem kleinen zitternden Wesen, vom Raubwürger in eine Astgabel gewuchtet.

Eine unbegreifbare Sehnsucht presste sich an meine Rippen. Ich griff an meinem Gesicht herum, um die Knochen zu spüren. Ich konnte aber nicht begreifen, dass meine Existenz eine menschliche sein musste, dass ich niemals über die Gnade verfügen könnte, den Schnabel aufzumachen und keine Lüge flöge heraus. Schwalben fuhren im Park den Eichen und Kastanienbäumen um die Beine, dicht über dem kurzgeschnittenen Gras, und an meinem Fenster vorbei, wie ein Karussell, das sich an einer Seite hebt. So blitzten die hellen Bäuche der Schwalben immer wieder am Fenster auf, und es wirkte, als gäbe mir ein Polyphem mit allen Augen Zeichen, damit mein Maul endlich erstarre.

Seit drei windstillen Tagen fließt ein Regen wie aus einem feinporigen Sieb. Ich steige in den Wäldern herum und irre über die ehemaligen Roggenfelder, lege meine schnellvergänglichen Spuren in die Sandwege, spreche mit den kleineren Bäumen und steh, das Kinn hochgereckt, vor den alten Eichen und Linden. Die Kuckucke haben ausgerufen, die Lerchen sind abgereist, nur Bussarde kreisen und seltener sieht man zwei Rehe. Wie ist es möglich, so verloren zu sein und zurückgelassen bei dieser Überbevölkerung auf der Erde. Mehrmals gehe ich um den kleinen Teich, in dem der Frosch wohnt und der Schilfrohrsänger. Rundum die grüngoldenen Kiefern dunkel vor Nässe. Der Teich ist vom Nieseln so berührt, dass er eine Gänsehaut bekommt.

Ich habe etwas gesehn, das mir die Seele zerkratzte und meinen Magen heraufwölbte. Deshalb ging ich die Berge hinauf und hinunter, an einem Abend kam das Flachland herbei, und die Sonne sägte gerade dessen Rand ab. Ein scharfer Wolkenstreifen stand um ihre Mitte, ähnlich dem scheinbar rostroten Saturn, so weit war ich schon weg in dieser verfrorenen Sumpfheide, vom Wind mit einem eisigen Hobel abgezogen. Es knackte und knisterte mit jedem Schritt. An den Deichhängen waren schmutzige Schafe angefroren. Der klirrende Ostwind zog, wie von der Sonne angesaugt. Drei winzige Nähnadelflugzeuge streiften gerade nach Westen. Krähen kurvten durcheinander. Es scheint, Krähen frieren nie. Den paar kopflosen Sumpfeulen war der Hunger in die geschmeidigen langen spitzen Flügel geflogen. Selbst wenn sie jetzt vor die halbe heißfarbene Scheibe gerieten, schienen sie keine Köpfe zu haben, nur Strünke vorneweg. Sinnbilder meines Zustands. Ich fühlte, dass mein Körper am Hals endete und überdies dort heraushing, sodass ich als Hals, der seinen Träger satt hat, im Kreis im Eiswind ging.

Als ich über den Deich trat, zog sich das Meer zurück und entdeckte das Watt. Der Wind schob mich hinaus. Ich dachte auf bloßem Sand und Schlick zu rennen, in Wellen gepresst wie von der Brennschere der Großmutter, so dumm ist man an manchen Tagen. Die Spangen hielt ich für Schwertmuscheln, Zierkämme für rote und gelbe Seesterne, Gummiringe für Exkremente der Wattwürmer, Zopfhalter für Seeigel, Netze für Wasserlachen, Nadeln für Möwentritte, Klammern für Krabben, Maschen für Rocheneiergehäuse, Reifen für Herzmuscheln und Schmuck für Tell-, Pilger-, Venus- und Trogmuscheln. Ich ging zurück gegen den sich spreizenden Wind. Als der Leuchtturm mit seinen Fingern darin wühlte, wurde mir bitter klar, dass ich auf Haar gegangen war, das mit den Mondphasen gekämmt wird, und dass ich einen unerreichbaren Kopf belästigt haben musste.

Die baumlose Ebene mit ihren geringen Erhebungen wird nur begrenzt vom sanft gebogenen Deich, hinter dem sich langsam Moorwasser bewegt, und so ist die Ebene ein ungeheures liegendes Ohr. Wenn du umkehrst, mit der beginnenden Dunkelheit dein Haus betrittst, hat sich das Ohr hinter dir Schritt für Schritt geneigt, aufgestellt, und zugleich, bis es senkrecht stand, verkleinert, dass es nun deines ist. Noch im Mantel bleibst du am Vorzimmerfenster stehn und horchst hinaus um einen Ton aus der gänzlich schwarzen Vertiefung.

In dem Februarbaum, dessen Krone die linke Fensterhälfte im ebenerdigen Zimmer einnimmt, erschien gegen die Dämmerung ein rotgelb leuchtender Schmetterling mit bebenden Flügeln. Solche Farben sind ein Schock in der Winternatur. Ich hatte die Tür des Kohleofens offengelassen. Mit ihr schloss der Schmetterling die Flügel. Wie jene Frau im rückenfreien Kleid die Ahornallee entlanggging, auf der Haut die flatternden Schatten der Blätter und das Licht des heißen Sommernachmittags, sich verkleinernd verdunkelnd verschwand.

Der Nebel im Flachland ist anders. Er wälzt von vier Seiten heran und stoppt fünfzig Meter vor dem Haus. So verharrt er tagelang. Vier Unterarme im Karree jener Wesen, die nachts die Köpfe über uns zusammenstecken, damit sie besser sehn, wenn uns schwarz vor Augen wird.

Ein aus dem Rauhreif weit aufgeklappter wolkenloser Tag schließt sich ein, ähnlich dem Reiher, der mittags lange niedergeglitten war und als Kreuz in der Wiese stand, bevor er sich die Flügel um den Körper legte. Die Granatapfelsonne sinkt am Sumpfrand. Gleich wird die zunehmende Mondsichel hochgezogen und treibt rückwärts durch die blattlosen Kronen der Pappelreihe. Nun heften sich Sterne wie glänzende Läuse seitlich an Stämme und Äste, und zwischen den Zweigen sind sie im Sprung festgehalten. Man sieht die Pracht, weil man am Boden ist, ganz unten, und aufschauen kann.

Erst verklärte sich der Horizont des Flachlands, und die winzigen Gehöfte wurden aus Milchglas erbaut. Darüber setzte ein rosiger Streifen an, eine lange Spachtelklinge unter glänzendgrauer Wolkenwand. Zugleich waren Lerchen zu hören, zwei Turmfalken standen rüttelnd über zwei durch einen Wassergraben getrennten Feldern, und das Hijäh nicht sichtbarer Bussarde klebte in der Luft. Da kam ein großer Lichtstrahl aufs Land, das heftiger zu atmen begann, wie wenn dich jemand anblickt, den du noch nie gesehen hast, was dich so bestürzt, dass alles andere fremd ist mit einemmal, denn durch deinen Körper geht ein spiralförmiger Riss, aus dem Bereitschaft zur Zuneigung überfließt.

Über dieses flache Land fließt ein steter fester Luftstrom. Menschen sieht man kaum. Aber es kann geschehen, dass in Bodennähe ein Bussard erscheint, gegen den Wind schaukelnd, mit beherrschten, langsamen, ausladenden Flügelschlägen. Der Spaziergänger, der zurückgelehnt vorwärts gegangen ist, geht vorgelehnt zurück, hinter dem Bussard her, der schließlich seitlich über das sumpfige Grasland mit den schwarzen Wassergräben abdriftet. Wie wenn sich eine Hüfte selbständig gemacht hätte, eine herrliche hungrige Hüfte, wenn man so sagen dürfte, oder vielleicht eine unerhörte Schwingung, darin zufällig Knochen sind, Federn und Fleisch.

Zuerst, wie meistens, vereinzelte Tropfen auf der Fensterscheibe. Wenn der Winddruck groß ist, verbinden sich die Tropfen zur Fläche, dem fließenden Film. Kann sein, ein Blatt kommt dazu, rutscht ein Stück und ist plötzlich fort, wie sich die Kruste über einer kleinen Verletzung abgelöst hat, ohne dass wir es bemerkten. Bei Glück kommt die Sonne einmal durch, dann sieht man, welche Farbe die Fensterhaut hat. Es könnte ein Engel sein, der daran leckt.

Was hilft der erregendste Winterhimmel, wenn der Körper gespannt wird zwischen Müdigkeit und Gedanken, die wach und gereizt übereinander herfallen wie kaum bei Tag. Orion und die Große Bärin. Die Augen machen nicht mehr mit und sehn zu, dass die Sterne verschwimmen. Das Gehirn aber trennt sie wieder exakt: Beteigeuze, Bellatrix, Rigel, Saiph, die Gürtelsterne alpha beta gamma Orionis hier, dort Benetnasch, Alkor, Mizar, Alioth, Dubhe, Megrez, Phekda, Merak. Nützt es vielleicht zu denken, dass zu gleicher Zeit Millionen anderer aus dem gleichen Grund wachliegen? Man kann das denken, sich aber nicht wirklich vorstellen. Wie es nicht vorstellbar ist, dass im Universum, außer uns, Menschen existieren. Es müsste die gleiche Erde sein, die gleiche Sonne, das gleiche Planetensystem, die gleiche Galaxie, die gleiche Position in dieser Galaxie, und die Galaxie müsste im gleichen Abstand zu den anderen Galaxien sich bewegen, und diese im gleichen

Abstand in der gleichen Zusammensetzung zu den Galaxienhaufen ad infinitum bis zu jedem uns neuen Phänomen ein vollkommen identisches Universum, das heißt: das selbe Universum. So können auch die anderen, die nun wachliegen, nicht die gleichen Gedanken und die gleiche Sehnsucht haben, denn sie liegen nicht an meiner Stelle, und ihre Vorstellungen, die sie schlaflos machen, können meinen nicht identisch sein. Das Hirn muss also pulsieren ohne Trost.

Wir bemerken warme und kühle Stellen wenn wir über die Wiesen kommen und die nur noch vereinzelt entstehenden Blumen besprechen und ihre Namen verstümmeln. Da heben die Eidechsen die Köpfe. Sie sehn wie unsere Füße gehn. Auf Ameisen niederfallen. Wegstrebende schwarze Käfer zur Hälfte zermalmen. Eine Steinnelke flachlegen. Zu Hause träumen unsere Füße sie seien eingeschlafen fest verwurzelt.

Dieses windhäutige Land, da man rundum den Horizont sieht und zu einem exzentrischen Beistrich auf einem Kugelschnitt wird, was man von sich in Städten und hügeligen Gegenden so nicht wahrnimmt, hat einen grünen Weg, der dort in den Himmel überzugehn scheint, wo Wolkenwurzeln die Kronen der wenigen Bäume berühren. Die Atmosfäre wie Eiklar. Die Wolken als Kranz über dem Kreis des Horizonts. Natürliche Formen erscheinen am seltsamsten. Etwa granitgraue Quaderwolken, durcheinander liegende Geröll- und Schuttwolken, gefleckte Hautfetzenwolken, Fahnenwolken mit seifengrünen Schlieren, federweiße abschwebende Bälge, schwerkantige und Schimmelwolken, solche die sich abwenden, das Gesicht zum Licht, mit feiner sprühender Korona, Wolken wie Fettstränge, die mit Gewebeschwäche, fadenverklebende Spinnenwolken, Geweihwolken mit Bastresten, räudige Kragenpelzchen. Ich gehe. Hier der bizarre Lufttanz eines Kiebitzschwarms, wie ein organischer Sack, der kurzwellig reitet, schnell schräg aufwärts gerissen wird, schräg fällt, dann schaukelnd vorwärts bewegt wird, sich zur Spirale dreht und senkrecht dehnt, zurückschnellt, sich verdichtet, federnd zum Feld sinkt, sich aufbreitet und im halbhohen Gras unsichtbar wird. Jetzt krabbelt eine Lerche durch die Windhäute hoch und versprüht Goldtöne. Braunweiße enthornte Kühe trotten mit pendelnden Schnauzen heran, stehn neugierig ängstlich nebeneinander, sie haben alle grüne Knie. Ich gebe ihnen eine pantomimische Vorstellung mit drehenden Armen und erinnere mich dabei, dass am Anfang des Wegs ein grünsilbrig gekräuselter Windbach durch die Kronen der Pappeln fließt. Möglicherweise endet der Weg gar nicht dort, wo die Wolkenwurzeln in die Baumkronen hängen. Es geschieht ja auch, dass, wenn man sich sticht, der Schmerz an einer anderen Körperstelle auftaucht. Da gibt es Verzweigungen, die man in sich nicht vermutet. Weit bin ich nicht gekommen. Muss viel zu früh zurück. Der Mond ist schon eingeschaltet und steht wie der große Anfang eines bestimmten Artikels.

Ein Schwan glitt trotz des Ostwinds ruhig nach Norden wie hingeweht und seine Flügel bewegten sich nur, weil das zur Zufriedenheit des Betrachters gehört. Und in den entgegenkommenden Krähenschwarm drang er ein als langgestrecktes Geschoß, vor dem sich der Schwarm spaltete und hinter dem er sich schloss, sodass der Schattenriss des Schwans der wandernde Kern einer schwarzen Zelle war, und dieses Gebilde am Abendhimmel der mögliche Beginn eines noch nicht bekannten Lebewesens.

Die Moorheide wanderte mit mir. Sie bewegte sich tatsächlich. Es war wie auf Fleisch gehn, über ein langsam schlagendes Herz; als pumpe es gegen meine Schritte. Auch ein Schwingen war darin, und es gab Stellen, dass ich glaubte, einbeinig zu versinken, während der andere Fuß doch noch auf einen Graskopf kam, der sich hart hob. Auf so einem Gebiet muss man Widerstände finden, sonst kommt man nicht weiter. Es ist nicht groß, bloß durch den Dunst der Atmosfäre scheints keine Grenzen zu haben. Da ich nur ungefähr die Richtung ahnte, in die ich wollte, machte ich wohl Umwege im Glauben, stets geradeaus zu gehn. Es heißt sogar, manche versinken in der Nähe des Ausgangspunktes. Hier gibt es keine Wege und keine Hinweisschilder. Als Anhaltszeichen dient eine Sumpfbirke und eine Gagelstrauchinsel. Die Gräben mit dem stumpfbraunen Wasser, in dem sich nichts spiegelt, tun sich überraschend auf. Zuweilen ist die Orientierungslosigkeit so drückend, dass ich mir, einen Graben nach Übergangsmöglichkeiten absuchend, vorkomme wie ein vereinzeltes Pappelblatt, das seinen kahlen Zweig hinauf laufen möchte, sich dreht und windet, und das es vor Verlangen schüttelt, anzukommen. Da gibt es ein bisschen Wollgras, viel Moos und ganze Flecken Sonnentau wie klebrige Krätze zwischen der schilfigen Behaarung. Fast schäme ich mich zu sagen, was ich in den Nächten des Gehens in Gedanken alles zusammenschnüre. Wind und Sterne zum Beispiel. Als könnte der Wind die Sterne auseinandertreiben, sie hier gänzlich fortblasen und dort zu Haufen zusammenwehn. Oder der Mond erscheint als sehr süße kandierte Frucht, weil sich die Sinne zu mischen beginnen. Es war noch Nacht, als ich die Landstraße erreichte, auf der ich mich schwankend fortbewege. Immerhin war ich über ein Herz gegangen, das mich nicht sinken ließ.

Inhalt

81 Erst muss man sich wundlaufen an der Seele
82 Wenn ein heißer Nachmittag dunkel wird
83 Acht Tage bevor ich abreisen musste
84 Auf der Naht zwischen dem grünsilbrig hinschimmernden Saatfeld
85 Weitum die Wälder
86 Selbst das Wasser des Teichs schien beunruhigt zu sein
87 Vor einem Jahr war einer der beiden Schwäne aus dem Teich gestiegen
88 Grafitwolkengeschiebe im Süden
89 Der weiße Regen
90 Die verfrühte Hummel
91 In der Mittagswärme Anfang März am Waldrand
92 Die Atmosfäre seit Tagen Asfalt, Asbest, Topas, Schiefer
93 Eine unbegreifbare Sehnsucht
94 Seit drei windstillen Tagen fließt ein Regen
95 Ich habe etwas gesehn, das mir die Seele zerkratzte
97 Als ich über den Deich trat
98 Die baumlose Ebene
99 In dem Februarbaum
100 Der Nebel im Flachland
101 Ein aus dem Rauhreif weit aufgeklappter wolkenloser Tag
102 Erst verklärte sich der Horizont des Flachlands
103 Über dieses flache Land fließt ein steter fester Luftstrom